Willkommen im schönsten Alter
Humorvolle Geschichten für Frauen

Jeder, der sich die Fähigkeit erhält,
Schönes zu erkennen,
wird nie alt werden.

Franz Kafka

WILLKOMMEN
IM SCHÖNSTEN ALTER

Humorvolle Geschichten für FRAUEN

Bibliografische Information der Deutschen Nationalbibliothek
Die Deutsche Nationalbibliothek verzeichnet diese Publikation in der
Deutschen Nationalbibliografie; detaillierte bibliografische Daten sind
im Internet über http://dnb.d-nb.de abrufbar.

Besuchen Sie uns im Internet:
www.st-benno.de

Gern informieren wir Sie unverbindlich und aktuell auch in unserem
Newsletter zum Verlagsprogramm, zu Neuerscheinungen und Aktionen.
Einfach anmelden unter www.vivat.de.

ISBN 978-3-7462-6431-8

© St. Benno Verlag GmbH, Leipzig
Zusammenstellung: Volker Bauch, Gößnitz
Umschlaggestaltung: Grit Fiedler, Visulabor GbR, Berlin/Leipzig
Covermotiv: © stock.adobe.com/Yakobchuk Olena
Gesamtherstellung: Kontext, Dresden (A)

INHALTSVERZEICHNIS

... UND KEIN BISSCHEN WEISE
Ilse Gräfin von Bredow

Viele Jahre waren wir einfach alt und wurden unter dem Sammelbegriff „Rentner" geführt.

Jetzt, zwischen fünfundachtzig und hundert, befinden wir uns, wie man es taktvoll nennt, „in fortgeschrittenem Alter". Ein Fortschritt, der das Besondere an sich hat, dass er ein Rückschritt ist, denn in den Medien spricht man – was uns Frauen betrifft – nun gern von „alten Damen": „Die alte Dame versuchte vergeblich, sich gegen den Einbrecher zu wehren." In Bayern allerdings wählte man vor Jahren geradeheraus das Wort „hochbetagt". Als ich kurz nach dem Krieg meine dort gelandete Schwester besuchte, entdeckte ich bei einem Spaziergang mit meiner Mutter eine brennende Feldscheune und meldete es der Polizei. In dem Protokoll stand: „Als ich mit meiner hochbetagten Mutter an der Scheune vorbeikam …" Zu diesem Zeitpunkt war meine Mutter so um die fünfundsechzig.

Jetzt wird das Wort „Alte" durch die Bezeichnung „Senioren" ersetzt. Und wir kommen nicht mehr ins „Altersheim", sondern in „Residenzen", was die Sache auch nicht besser macht. Doch selbst wir retuschieren gern an unserem Alter herum und denken mit Wehmut daran zurück, als wir noch achtzig waren – „Schön war die Zeit!". Nun ja, ganz so schön auch wieder nicht. Einige Krankenhausaufenthalte, Grippen und einen unangenehmen, hartnäckigen Husten musste man schon in Kauf nehmen, und manchmal hat man gedacht, das letzte Stündlein habe geschlagen. Dieser oder jener von uns hat mal wieder die gesamte Familie antanzen lassen, das Testament durchforstet und Sachen verschenkt, mit denen die Empfänger nicht so recht was anfangen konnten, wie mit dem wuchtigen, bleischweren Aschenbecher, von dem sich ein Onkel schweren Herzens trennte, zumal der Beschenkte Nichtraucher war. Aber dann hat man sich erstaunlicherweise doch wieder berappelt und Freunde und Familie mit dem detaillierten Krankenbericht bei der dritten Wiederholung viel Geduld und Langmut abverlangt.

Und nun liegen die achtzig weit hinter uns, inzwischen sind oder werden wir Urgroßmütter oder Urgroßväter. Aber fühlen wir uns deshalb uralt? Und woran erkennen wir, in welche Altersstufe wir gehören? Zum Beispiel daran,

- wenn die Großnichte fragt: „Tantchen, erzähl doch mal, wie war's denn so zu Kaiser Wilhelms Zeiten?";
- wenn der Abiturient von nebenan wissen will:

„Welcher Krieg war schlimmer, der erste oder der zweite?";

- wenn die Freundin des Urenkels verkündet: „Ich hab gelesen, Sie durften nicht einmal mit Ihrem Verlobten im selben Abteil fahren. Is' ja geil!";
- wenn das, was wir auf dem Kopf tragen, kein Hut mehr ist, sondern ein Hütchen – „Was haben Sie für ein reizendes Hütchen auf!";
- wenn man einen Gleichaltrigen im Gespräch erwähnt und die fassungslose Frage zu hören bekommt: „Was? Der lebt noch?";
- wenn wir zu allen unter Siebzigjährigen bei passender Gelegenheit „Aber Kind" sagen;
- wenn wir einem Altersforscher nur mit einem überlegenen Lächeln lauschen können, weil er in unseren Augen gerade sein Lätzchen abgelegt hat, aber jetzt schon von seinen inneren Abschieden spricht und dann noch meint, uns erklären zu müssen, was es mit dem Alter so auf sich hat.

Denn er weiß nicht, was wir wenigstens wissen: Es steckt voller Überraschungen. Und was Curd Jürgens sang: „Sechzig Jahre und kein bisschen weise, aus gehabtem Schaden nichts gelernt ...“ gilt auch für viele von uns Hochbetagten. Da man aber den Charakter des alten Menschen gern vergoldet und ihn für abgeklärt und weise hält, wird er oft falsch eingeschätzt. Und das sieht dann so aus: „Karin, setz dich doch mal zu deiner Urgroßtante. Sie guckt so traurig.“

Und was bedrückt die liebevoll befragte Tante? „Sag mal, Kindchen, wer ist denn diese „greuliche“ Person neben meinem Großneffen Friedrich? Wo hat er denn die aufgegabelt?“ Das den Familienklatsch liebende Tantchen hat mal wieder ins Schwarze getroffen. Die Familie ist entzückt über das Wort „greulich“. Sie war von Anfang an entsetzt über Friedrichs Zukünftige und empfindet deshalb Tantchens Frage keineswegs als anmaßend oder taktlos im Gegensatz zu dem vor zwei Tagen mit einer Nichte geführten Telefonat, bei dem sie deren allseits beliebten Sohn einen Waschlappen nannte, was einen Sturm der Entrüstung auslöste.

Ob nun taktvoll, abgeklärt, gütig und weise oder nicht, ohne unser Zutun und nur aufgrund unseres hohen Alters avancieren wir oft zum Vorbild und das ganz besonders für den Nachwuchs, was die Kleinen jedoch eher verstimmt als einsichtig macht.

„Deine Uroma ist schon neunzig und steht trotzdem jeden Morgen um sieben Uhr auf." – „Warum?"

Gelegentlich wird man sogar von den Nachbarn bewundert: „ In Ihrem Alter noch immer ohne Stock. Da kann sich mancher ein Beispiel dran nehmen."

Wer ein Vorbild sein möchte, muss natürlich noch einigermaßen intakt sein und nicht so ein Schussel wie beispielsweise ich, die ich immer wieder aufs Neue nach meinem Wohnungsschlüssel suche, statt ihn einmal dort hinzulegen, wo er hingehört – neben die Tür.

Denn den Status des Vorbilds kann man schnell verlieren und bei den mitleiderregenden Uralten landen, die von jüngeren Menschen gern mit diesem fröhlichen Unterton in der Stimme angesprochen werden: „Dir ist schwindlig? Alles halb so schlimm! Da legen wir uns einfach mal ein Weilchen hin."

Dabei lechzen wir doch nach Bewunderung, besonders dann, wenn mit uns nicht mehr allzu viel Staat zu machen ist, die Muskeln schnell schlaff werden und die von den vielen Tropfen trüben Augen Mülltonnen von Menschen nicht mehr unterscheiden können. Auch unser Gehör hat mehr und mehr Ruhebedarf und stellt sich trotz teurer Hörgeräte einfach ab. Aber sowie man uns bewundert, nicken wir zufrieden und genießen es, wenn auch sicher nur vorübergehend, eine Respektsperson zu sein und nicht nur ein Sammelbegriff. Ich selbst gehörte früher in jeder Gemeinschaft zu den Schlusslichtern. Im Internat war ich eine absolute Niete beim Brennballspielen. Wenn die Mannschaft aufgeteilt wurde, interessierte sich niemand für mich, denn mit schöner Regelmäßigkeit traf der Ball mich schmerzlich, ehe ich ihn schlagen konnte. Und im Arbeitsdienst keuchte ich beim fröhlichen Lauf durch das vom Morgentau klitschnasse Gras hinter den anderen her. Gelobt wurden wir so gut wie nie, man fand zu viel Lob damals für junge Menschen schädlich. Selbst die Bäuerin, der ich bewies, wie routiniert ich mit der

Zentrifuge umgehen konnte, die Milch und Sahne voneinander trennt, staunte zwar, sagte aber statt eines Lobs nur trocken: „Auch ein blindes Huhn findet mal ein Korn." Doch jetzt im hohen Alter hat sich das Blatt gewendet. Wir werden wegen jeder Kleinigkeit bewundert. Und dazu haben wir noch die Aura des Zeitzeugen, der, was meine Generation betrifft, ja tatsächlich eine Menge erlebt hat. Die kleinste Leistung findet Beifall: „Sie ziehen Ihre Markise noch alleine hoch?! Alle Achtung! Sie gehen noch im Dunkeln im Park spazieren?! Ist ja mutig! Sie fahren noch Rad?! Bewundernswert!" Die Uroma alten Stils ganz in Schwarz und ohne jedes Make-up gibt es zwar nicht mehr, doch irgendwie spuken sie und ihre altersbedingte Rückständigkeit immer noch in den Köpfen mancher Jüngeren herum. Dabei sind wir keineswegs von gestern, ebenso wenig wie es damals unsere Mütter waren, die zwei Kriege über sich ergehen lassen mussten. Wir schwimmen wacker im Mainstream mit und bemühen uns zu verstehen, dass der, wie man früher gesagt hätte, überarbeitete Urenkel eine „Auszeit" braucht, um ein „Burn-out" zu vermeiden. Auch wir lieben inzwischen leider das Wort „Depression" und sprechen nicht mehr von „schlechter Laune" oder „Verstimmtheit". Auch wir besitzen selbstverständlich ein Handy und behaupten, es sei kinderleicht zu bedienen, obwohl es meist in der Schublade bleibt. Aber insgesamt – tief in unserem Innern – hängen wir doch noch am Althergebrachten, finden den angedeuteten Knicks der zukünftigen Frau des Enkels einfach zu reizend und denken, wenn uns der Urenkel lässig die linke Pfote reicht: „Wo ist das brave Händchen?" Wir tragen innere Kämpfe aus, nicht gekränkt zu sein, wenn uns zum Geburtstag nur per Telefon und SMS gratuliert wird statt mit langen Briefen oder ausgesuchten Blumenkarten. Und wir sind uneins mit uns, ob wir das kurze „Hi!" der jungen Nachbarin unmöglich finden sollen oder nicht.

Aber einem Problem entwachsen wir von Jahr zu Jahr mehr und mehr – dem nachteiligen Vergleich mit anderen Familienmitgliedern unserer Generation, denn von denen gibt es immer weniger, und die Jahrgänge davor kennt zum Glück niemand mehr. Jetzt haben wir

endlich die Chance, uns unsere Ähnlichkeit selbst aus-
zusuchen. In meinem Fall empfinde ich eine tiefe Seelenverwandtschaft mit Wuffi, dem Hund meiner ver-
storbenen Freunde, den aber auch schon seit etlichen
Jahren der grüne Rasen deckt. Er starb so angenehm,
wie es sich jeder Mensch nur wünschen kann, an einem
Frühlingstag unter blühenden Bäumen. Und das Letzte, was ich von ihm hörte, war ein zufriedenes „Wuff“.
Wie er in fortgeschrittenen Jahren, taumle auch ich
leicht von einer Seite auf die andere, und die Vorüber-
gehenden sagen gelegentlich schmunzelnd: „Na, war
wohl mehr als ein Gläschen in Ehren?“ Auch ich stoße
mich mit Vorliebe an Gegenständen, die meiner Meinung nach völlig sinnlos in der Gegend herumstehen,
und gebe dabei einen wuffähnlichen Ton von mir. Auch
ich bin sehr wählerisch mit dem Essen und beobachte,
wenn ich unterwegs bin, ein wenig misstrauisch meine
Umwelt. Ebenso wie er liebe ich die Wärme, verkneife
mir allerdings tunlichst, mich wie er auf jedes Plätz-
chen zu legen, das mir gemütlich erscheint, um die
Sonne zu genießen. Nicht alles ist mir gestattet, was

für ihn selbstverständlich war. Aber trotz aller Seelenverwandtschaft: So viele Tränen wie bei seinem Tod werden bei meinem nicht fließen.

Doch das ist kein Grund zur Traurigkeit. Es ist nun einmal so, dass wir dank der Fortschritte in der Medizin und anderer vorteilhafter Lebensumstände so alt werden und der Bibelspruch „Das Leben währet siebzig Jahr" längst überholt ist. Das Alter hat ja auch gewisse Vorteile, wie etwa den der Erinnerung und des Vergleichens zwischen heute und damals. So traf ich vor nicht langer Zeit bei Freunden einen jungen Mann, dessen Stimme längst Vergessenes in mein Gedächtnis zurückkehren ließ. Er war – wie sich herausstellte – der Urenkel eines Herrn, mit dem ich vor siebzig Jahren eine Spritztour auf seinem Motorrad gemacht hatte. Leider führte uns sein schneidiger Fahrstil schnurstracks in einen Graben, was aber bei dem damals nur möglichen Tempo glücklicherweise ohne Folgen blieb. Sofort sprach ich seinen Urenkel darauf an, und er hörte mir höflich, aber wenig interessiert zu. Sein Motorrad war natürlich von ganz anderem Kaliber als das zu meiner Jugendzeit, doch auch er war wie ich damals nicht allein. Das weibliche Wesen in dunkler Lederkluft, dessen Gesicht von einem schwarzen Helm verborgen wurde, saß bereits auf der Maschine. Es war wie vor siebzig Jahren – ein lauer Frühlingstag, zwei junge Menschen auf einem Motorrad, ein rasanter Start. Und doch war da ein großer Unterschied: Die junge Dame steuerte, ihr Begleiter saß auf dem Soziussitz. „Ja, ja, lang ist's her …"

Heiratsantrag

Emil Zátopek, genannt *die tschechische Lokomotive*, war bei der Olympiade 1948 der erfolgreichste Läufer. Er verlobte sich auf der Olympiade mit der Speerwerferin Dana Ingerova. Sein Heiratsantrag lautete so: „Liebe Dana! Wir sind beide am 19. September 1922 geboren. Wollen wir nicht auch an einem Tag heiraten?"

Einen Menschen zu lieben,
heißt einzuwilligen,
mit ihm alt zu werden.
Albert Camus

ALTPAPIER
Milena Moser

Da, wo ich wohne, gibt es eine Entsorgungsanlage, die zweimal die Woche je zwei Stunden geöffnet ist. Dahin bringt man seine gesammelten Flaschen, gebündeltes Papier und Karton, Kleider, Sperrmüll, Grünzeug und eigentlich alles, was einem sonst noch in die Hände fällt. Abfallsäcke, die man zu spät an den Straßenrand gestellt hat. Die kann man auf dem Beifahrersitz fest-schnallen und zur Entsorgung chauffieren.

Da staunen Sie, was! Was ich nicht alles weiß!

Ich liebe nun mal diese Entsorgungsanlage. Sie ist ein Denkmal unseres kollektiven Recycling-Willens.

Jede Woche erfüllt es mich mit Stolz, dass wir es wie-der rechtzeitig geschafft haben.

Ich weiß zwar nicht, wie sinnvoll es vom ökologischen Standpunkt her ist, seine Abfälle mit dem Auto zu transportieren – nein, kommen Sie mir nicht mit dem Leiterwagen! Soll das ganze Dorf unsere leeren Fla-schen scheppern hören? Und leider bringe ich auch meist genauso viel nach Hause, wie ich abgeladen habe. Blumentöpfe, Kaffeetassen, einzelne Keramikkacheln – lauter Dinge, die jemand nicht mehr brauchen konn-te und die ich ehrlich gesagt auch nicht brauchen kann. Aber ich kann nicht widerstehen.

Einmal habe ich ein Cocktailglas mit dem Logo der Swissair aus einer Mulde gefischt. Sofort wurden Erin-nerungen wach an längst vergangene Zeiten, in denen man gegen die Flugangst ein Getränk in einem Glas serviert bekam. Kaum mehr vorstellbar. Meine Mutter meint sich an Crevetten-Cocktails zu erinnern, aber das muss eine Legende sein. Das Glas jedenfalls ist Kult und kommt mit in mein Büro. (Wo braucht man Gläser dringender als im Büro?)

Ein andermal sah ich zwei ziemlich kleine Buben in der Papiermulde stehen, die die vorschriftsmäßig verschnürten Papierpakete mühsam umlagerten.

„Sucht ihr etwas?", fragte ich fürsorglich – wie oft war ich selber in der Situation gewesen? Hatte wichtige Dokumente, einmal gar einen Scheck von meinem Verlag, ins Altpapier geschnürt, Versehen oder freudsche Fehlleistung, und musste dann verzweifelt das richtige Zeitungsbündel wiederfinden, bevor die Entsorgungsanlage schloss.

Die Buben wechselten einen Blick. „Ein Heft", murmelte einer schließlich.

„So?" Gelenkig schwang ich mich zu ihnen hoch und begann, die Packen einzeln hochzuheben. Die Buben musterten mich verdattert. Vielleicht waren sie derart hilfsbereite Erwachsene nicht gewohnt. Ich kam mir ziemlich gut vor. Hier verbrachte ich einen Mittwochnachmittag damit, zwei mir völlig fremden Kindern zu helfen!

„Wie sieht das Heft denn aus?", fragte ich. Dachte an ein Schulheft. Vergessene Aufgaben, schlechte Noten. Grimmige Lehrer.

„Oh", sagten sie. „Hm." Wieder dieser Blick. Beinahe flehend brachte der Kleinere schließlich vor: „Es hat ein Bild von einer Frau vorne drauf!"

Liebe Leserin, lieber Leser, Sie haben bestimmt schon längst gemerkt, warum sich die Buben so wortkarg äußerten, warum sie keine gesteigerte Dankbarkeit zeigten, warum sie schließlich von der Mulde sprangen und sich ohne ein Wort des Abschieds aus dem Staub machten, während ich noch hinter ihnen herrief, ich würde weitersuchen und ihnen das Heft nach Hause bringen, wo sie denn wohnten, bitte schön? Doch da waren sie schon um die Ecke verschwunden. Und ich hatte immer noch keine Ahnung.

Erst als ich die Geschichte zu Hause erzählte und mein Mann die Augen verdrehte und mein Sohn sich mit der flachen Hand gegen die Stirn schlug und beide „Milenaa-aa!" stöhnten, mit diesem langgezogenen entnervten A, wurde mir klar, wonach die beiden gesucht hatten. Und was ich in meinem Übereifer verhindert hatte.

„Oh!", sagte ich.

Seither liebe ich die Entsorgungsanlage noch mehr.

Bücher

Die Lyrikerin Else Lasker-Schüler stand gern im Mittelpunkt von Gesellschaften. In einer vornehmen Villa stand sie verdrossen und allein in der Bibliothek. Der Hausherr trat zu ihr und sagte: „Sie scheinen mir heute recht traurig zu sein, weswegen denn?"
Er erhielt zur Antwort: „Wissen Sie, ich mag diese Bücher nicht. Sie drehen mir alle ostentativ den Rücken zu."

In der Jugend lernen wir,
im Alter verstehen wir.
Marie von Ebner-Eschenbach

BEATRIX WIRD ACHTZIG
Die Echte. Ob es da wohl wieder
lecker Mittagessen gibt?
Hape Kerkeling

Prinzessin Beatrix, Ex-Königin der Niederlande, wird 80 Jahre alt.

Schon vorab lädt sie illustre Gäste in den Palast im Herzen von Amsterdam. Der liegt schön zentral zwischen dem Erotik- und dem Marihuana-Museum.

An diesem großen Jubiläum kann ich nicht einfach pfeifend vorbeispazieren. Denn seit dem 25. April 1991 ist Beatrix ein Teil von mir.

Die Monarchin hatte sich an dem Tag bei Bundespräsident Richard von Weizsäcker in Berlin angekündigt und ahnte nichts Böses. Staatsbesuch halt. Ich wiederum steige an jenem Morgen um 7.30 Uhr in die Linienmaschine von Bremen nach Berlin. Bereits im vollen Ornat mit Samtkostüm und royalblauem Pillbox-Hütchen. Erstaunlich: trotz des Outfits kein komischer Blick, kein schräger Kommentar.

Begonnen hatte der Tag für mich um 5.30 Uhr bei meinem Heimatsender Radio Bremen. Meine Lieblings-Maskenbildnerin Bärbel Bolz verwandelte mich in „die Beatrix". Hut und Kostüm waren maßgeschneidert. Hinter uns lag eine monatelange Planung.

Ursprünglich wollte ich Ihre Majestät vis-a-vis interviewen.

Wollte der Hof aber nicht. So dachten wir uns irgendwann fröhlich: Hey, geht Hape eben als Beatrix zu Richie.

10.30 Uhr. Ich sitze in Berlin in der fetten Limousine – und mir wird mulmig. Im Lederpolster versinkend frage ich mich, ob das wirklich eine gute Idee ist. Kein halbwegs vernünftiger Sicherheitsmann wird mich je in dieser Aufmachung vors Schloss Bellevue lassen!

Ich atme tief durch. Als wir auf den Kiesweg einbiegen, bin ich die Ruhe selbst. Doch der Wagen wird sofort gestoppt und gequält freundlich vom Hof gejagt. Feierabend, denke ich. Übermorgen dreh ich eh was Besseres: Da gebe ich einen polnischen Opernsänger, der „Hurz" trällert. In diesem Moment sehe ich aus dem Augenwinkel, wie sich der Schlagbaum öffnet, damit das Wachbataillon der Bundeswehr vor dem Schloss aufmarschieren kann. Ich weise meinen Fahrer Werner an, die Gunst der Sekunde zu nutzen und durchzupreschen.

Welche Straftat begehe ich eigentlich gerade? Hausfriedensbruch? Majestätsbeleidigung? Gar Hochverrat? Alle Gags, die ich mir vorher ausgedacht hatte, streiche ich im Kopf. Das Ganze muss auf einen Punkt reduziert werden: Ich bin die Beatrix und will ein lecker Mittagessen! Im schlimmsten Fall läuft das auf Mundraub hinaus ...

Vorm Hauptportal kommt unser Wagen zum Stehen. Mit großem Hallo klettere ich aus dem Auto, mache mit wedelnden Armen und trampelig wie ein westfälischer Jungbulle alle Welt auf mich aufmerksam. Wer sich so aufführt, ist zwar sonderbar, aber nicht gefährlich. Die versammelten Journalisten starren mich an. Plötzlich ruft ein niederländischer Pressevertreter: „Ons Bea!", also: „Unsere Bea! Erkennt ihr sie nicht?" Da stürmen alle auf mich zu. Es trifft ihren Humor. Den Rest kennen Sie vermutlich. Für eine Minute war ich die Königin der Niederlande.

Bundespräsident von Weizsäcker fand die Nummer übrigens ziemlich unterhaltsam, wie er mir viel später mal bei einem Partyplausch im Park des Bellevue verriet. Eine offizielle Reaktion vom niederländischen Königshaus gab's nie.

Doch eine Prinzessin aus einem anderen europäischen Fürstenhaus erzählte mir, sie habe Königin Beatrix bei einem privaten Abendessen nach ihrer Meinung zu dem Sketch befragt. Angeblich antwortete Beatrix: „Wissen Sie, ich liebe gute Arbeit. Und das war gute Arbeit."

Meine zweitbeste Freundin Gudrun ist wie ich Oranje-Fan. An ihrem Geburtstag werden wir einen Beatrix-Birthday-Youtube-Abend feiern und uns von der Inthronisierung bis zur Abdankung noch mal alles reinziehen. Dazu genießen wir Genever und „Holländer mit Pfeil im Rücken". Wie, kennen Sie nicht!? Na, lecker Käsehäppchen am Zahnstocher.

Hartelijk gefeliciteerd, Koninklijke Hoogheid! – Herzlichen Glückwunsch, Prinzessin Beatrix! Ik duw je!

Die Krankheit

Ernst Ludwig Heim war in Berlin nicht nur seiner ärztlichen Kunst wegen, sondern auch wegen seines Witzes berühmt und beliebt.

Eine vornehme Dame, die er mit „Wo fehlt's denn, liebe Frau" anredete, wies ihn darauf hin, dass sie mit „Gnädige Frau" anzureden sei. Freundlich lächelnd erwiderte Heim: „Von dieser Krankheit kann ich Sie leider nicht heilen!"

Die Altersweisheit gibt es nicht.
Wenn man altert, wird man nicht weise,
sondern nur vorsichtig.

Ernest Hemingway

MUTTERS GEBURTSTAG
Wladimir Kaminer

„Ich möchte dieses Jahr überhaupt nicht groß feiern, und extra kochen möchte ich auch nicht. Wer kommt, der kommt. Ich kaufe einfach einen der tollen Marmorkuchen aus der Bäckerei Harmonie. Oder vielleicht bringt ja jemand selbst einen Kuchen mit."
Wir besprachen mit Mama ihren bevorstehenden Geburtstag, und sie war melancholisch gestimmt. „Ich

werde achtundachtzig Jahre alt. Wer hätte gedacht, dass ich es so weit bringen würde trotz Krieg, Hunger und Not. Ich glaube, das Auswandern hat mich verjüngt."

Meine Mutter war mit sechzig aus der Sowjetunion nach Deutschland gekommen und betrachtete diesen Umzug als Beginn eines neuen Lebens. „Wenn es so weitergeht, werde ich womöglich sogar neunzig. Niemand von meinen Freundinnen und Freunden hat das geschafft. Jetzt ist das Wichtigste, sich nicht behexen zu lassen", meinte meine Mutter.

Ich wusste sofort, was sie meinte. Ab einem bestimmten Alter gilt es als schlechtes Omen, seine Geburtstage zu opulent zu feiern. Die Mutter meiner Mutter hatte ihren Siebzigsten in einem kaukasischen Restaurant namens Rioni in Moskau gefeiert mit Musikkapelle, freier Getränkeauswahl und hauseigenem Feuerspucker. Danach waren das Geburtstagskind und etliche Gäste im Krankenhaus gelandet.

„Ich möchte ganz bescheiden zu Hause bleiben, im kleinen Familienkreis feiern und keine Einladungen verschicken. Allerdings wünsche ich mir schon sehr, dass meine Enkelkinder mich besuchen, und zwar freiwillig – also von allein, nicht von ihren Eltern gezwungen. Sie könnten einfach so vorbeikommen und fragen: ‚Hallo Oma, wie geht es dir? Sollen wir dir vielleicht einen Marmorkuchen aus der Bäckerei Harmonie bringen?' Sie kommen mich ja sonst nie besuchen."

„Aber Mama", sagte ich zu ihr, „das ist leider der normale Lauf der Dinge. Die Jugend ist zu sehr mit sich selbst beschäftigt, sie denkt nicht an die Großeltern. Nirgendwo auf der Welt gehen junge Menschen freiwillig ihre Omas besuchen. So eine Jugend gibt es nicht."

„Es gibt sehr wohl so eine Jugend", erwiderte meine Mutter. „Da kenne ich Geschichten ... die von Rotkäppchen zum Beispiel!"

Ich wäre beinahe vom Stuhl gefallen, so unerwartet kam das.

„Liebe Mutti, Rotkäppchen ist eine Märchenfigur, die sich frustrierte Omas ausgedacht und dann den Gebrüdern Grimm ins Ohr geflüstert haben. Du glaubst doch nicht wirklich, dass das Mädchen mit dem Kuchen freiwillig durch den dunklen Wald zu seiner Oma gegangen ist. Bestimmt wurde sie von ihrer alleinerziehenden Mutter unter Druck gesetzt. Wahrscheinlich hatte die Mutter finanzielle Schwierigkeiten und wollte bei der Oma ein wenig Geld pumpen, weil Omas bekanntlich sehr sparsam leben und immer etwas auf der hohen Kante haben. Nachdem sie sich aber vor Jahren zerstritten hatten, weil die Oma Rotkäppchens Vater nicht leiden konnte, hat sie ihre Tochter losgeschickt. ‚Hier, nimm den Kuchen und ab zu Oma!‘, hat sie gesagt. ‚Und setz deine rote Kappe auf, damit sie dich überhaupt erkennt.‘

Ganz sicher ist es so gewesen. Rotkäppchen hatte bestimmt erstens keine Lust, allein durch den Wald zu laufen, und zweitens noch weniger Lust, das rote Käppchen zu tragen, das völlig aus der Mode war. Nur kleine Kinder und komische Tanten trugen noch rote Käppchen. Aber sie musste sich dem Willen der Mutter beugen, denn sie war minderjährig und hatte kein Mitspracherecht. Außerdem konnte das Mädchen seine eigene Oma nicht einmal von einem Wolf unterscheiden. Was sagt uns das? Das Enkelkind und die Oma hatten einander vorher wahrscheinlich nicht allzu oft gesehen."

„Ich wünsche mir trotzdem, dass meine Enkel kommen", bestand meine Mutter auf ihrem altmodisch romantischen Weltbild.

„Mal sehen, was sich machen lässt", nickte ich knapp. Abends telefonierte ich mit meiner Tochter. Ich näherte mich dem Thema lieber von Weitem.

„Na, Nicole, wie geht es dir, Liebes?"

„Mein Leben ist die Hölle", meinte sie. „Gestern hatte ich den schlimmsten Tag meines Lebens."

Sie hatte endlich ihr Seminar in Ethnologie über „Gender und Migration" hinter sich gebracht, in dem es darum ging, dass alle Menschen Migranten waren und sich außerdem jeden Tag ein anderes Geschlecht aussuchen konnten, so wie man im Geschäft neue Hosen anprobierte. Danach hatte meine Tochter drei Stunden Fahrunterricht. Der Fahrlehrer hatte sie gelobt, sie könne inzwischen besser bremsen als ihr Altersdurchschnitt, sie sei geradezu eine geborene Bremserin. Dann war er, ein Kettenraucher, aus dem Auto gestiegen, um eine Zigarette zu rauchen, während Nicole ganz alleine einparken lernen sollte, und zwar richtig nah am Bordstein. Nachdem der Fahrlehrer eine Schachtel Marlboro aufgeraucht hatte, hatte sie es fast geschafft. Abends musste sie fünf Stunden im Frater kellnern, riesige Weihnachtsgänse durch die Gegend schleppen und nachts noch nach Frankfurt an der Oder fahren, weil ihr alter Freund Lucas Geburtstag hatte. Er hatte sie bereits ein halbes Jahr zuvor eingeladen, aber vergessen, ihr mitzuteilen, dass er zwischenzeitlich umgezogen war. Kurzfristig die Einladung abzusagen wäre nicht freundschaftlich gewesen, also fuhr Nicole nach Frankfurt/Oder und gegen Morgen wieder zurück. Die ganze Zeit tat ihr das linke Ohr weh, weil sie sich die Ohrmuschel hatte piercen lassen, was viel mehr schmerzte als ein Bauchnabelpiercing, da Ohrmuscheln keine Fettschicht haben. Prompt konnte sie nachts nur auf der rechten Seite schlafen. „Sonst geht es mir aber gut", meinte die Tochter, „alles picobello." „Liebe Nicole", sagte ich, „bald hat deine Oma Geburtstag. Könntest du dir vorstellen, sie zu besuchen und eine halbe Stunde lang Rotkäppchen zu spielen? Den Kuchen gebe ich dir natürlich mit."

„Und was genau soll ich tun? Soll ich sie wirklich fragen, warum sie so große Ohren hat?" Meine Tochter hielt das für keine gute Idee.

„Nein, das musst du nicht. Du fragst sie nur, wie es ihr geht", sagte ich.

„Das kann ich machen", meinte die Tochter, „es wird aber nichts bringen, weil Oma mich nicht hören kann. Jedes Mal, wenn wir uns treffen und ich sie laut grüße, fragt sie im besten Fall nach, was ich gerade gesagt habe. Oma mag ja große Ohren haben, aber hören tut sie mich trotzdem nicht. Sie schaut russische Krimiserien auf voller Lautstärke, sodass die Nachbarn verzweifelt an die Tür klopfen, weil sie denken, in ihrer Wohnung würden wie am Fließband Russen umgebracht. Und selbst wenn sie mich hört, versteht sie mich nicht. Sie fragt dann dich, was ich gerade gesagt habe, und redet in meiner Anwesenheit von mir in der dritten Person."

„Gut, aber sie sieht dich und freut sich darüber", konterte ich. „Oma hat noch gute Augen."

„Oma sieht mich auch nicht", konterte Nicole. „Als ich mir neulich zu Halloween die Haare blau gefärbt hatte, hat sie es nicht einmal bemerkt."

„Ich verspreche dir, wenn du dir die Haare rot färbst, wird sie es merken", sagte ich.

„Ich möchte mir die Haare aber nicht rot färben, das machen nur Kinder und komische Hartz-IV-Tanten aus Weißensee. Ich bin für wärmere Farben, kann mich aber zwischen Grün und Blau nicht entscheiden."

An Omas Geburtstag klingelte es an der Tür, und Nicole, das süßeste Enkelkind mit blaugrün gefärbten Haaren, einem vom Piercing angeschwollenen Ohr und einem Marmorkuchen aus der Bäckerei Harmonie, erschien, küsste die Oma, lächelte sie an und führte einen großartigen Small Talk durch. Mutters Katze, ein dicker nordamerikanischer Maine-Coon, saß auf dem Teppich zu Omas Füßen und fauchte das blaugrüne Rotkäppchen an.

„Wer solche Katzen hat, braucht keine Wölfe mehr", schüttelte das Rotkäppchen den Kopf und ging auf den Balkon eine rauchen.

Das Autogramm

Hans Moser, der österreichische Schauspieler und Interpret von Wiener Volkstypen, musste seine Berühmtheit damit bezahlen, dass er fast fortwährend mit Autogrammwünschen belästigt wurde. Recht ärgerlich konnte er werden, wenn er in einem Lokal nicht mal seinen Wein in Ruhe trinken konnte.

Einer älteren Dame gab er bei einer solchen Gelegenheit ein nur widerwillig hingeschmiertes Autogramm. Die murmelte im Weggehen: „A Schrift is des ..."

DIE FRAU, DIE IHREN MANN
AUF DEM FLOHMARKT VERKAUFTE
Rafik Schami

Das, wobei unsere Berechnungen versagen,
nennen wir Zufall.

Albert Einstein

Zufall ist vielleicht das Pseudonym Gottes,
wenn er nicht unterschreiben will.

Anatole France

Mein Großvater väterlicherseits war witzig, großzügig
und immer für ein Abenteuer bereit.

Er lebte in Malula, einem christlichen Dorf in den Ber-
gen. Wenn er uns in Damaskus besuchte, kam er oft
alleine, da seine Frau, meine Großmutter, uns nicht
mochte. Das beruhte auf Gegenseitigkeit. Wir waren
die Brut ihrer verhassten Feindin, meiner Mutter, die
mit ihren schönen Augen meinen Vater verführt hatte.
Der Plan der Großmutter, ihren Sohn mit seiner rei-

chen Cousine zu verheiraten, scheiterte an dieser hübschen, aber bettelarmen jungen Frau, die später meine Mutter werden sollte.

Das Allerschlimmste für meine Großmutter aber kommt erst noch: Es war die Zunge meiner Mutter, mit der sie zehn Frauen vom Kaliber meiner Großmutter an die Wand stellen konnte. Großmutter lästerte, meine Mutter habe ihre Zunge vom Teufel geliehen.

Für meinen Großvater war dieselbe Zunge ein Garten voller Lachen, voller Gerüchte und Anekdoten, wie er sich einmal ausdrückte. Er selbst war schüchtern, und sein Leben lang bewunderte er die Schlagfertigkeit meiner Mutter.

Ich wunderte mich immer, wie er es mit seiner Frau aushielt. Einmal fragte ich ihn, warum er nicht zu uns ziehe. Da lachte er: „Deine Großmutter kann nicht einschlafen, wenn sie ihre Hände und Füße, die immer eiskalt sind, nicht bei mir deponiert hat. Und ich bin ein Ofen."

Und als er abends seinen Rotwein genoss, sah er zu mir herüber und sagte nur: „Heizöl." Keiner außer mir verstand ihn. Ich verschluckte mich vor Lachen, und mein Vater bekam ein rotes Gesicht, wie immer, wenn er mit seinem Vater schimpfen wollte und nicht durfte.

Wenn Großvater bei uns übernachtete, bestand er darauf, auf einer Matratze im Kinderzimmer zu schlafen. Er lehnte das herrliche Gästebett ab, das ihm mein Vater anbot. In jenen Nächten konnten wir, meine zwei Brüder und ich, kaum schlafen.

Wir lachten über seine Geschichten, was nicht selten damit endete, dass unser Vater hereinkam und seinen Vater mahnte, endlich Ruhe zu geben und uns schlafen zu lassen. Er, der reiche und mächtige Großvater, mimte dann den Ängstlichen und versteckte sich unter seiner Decke, und wir konnten noch weniger einschlafen. Eines Nachts tanzte er auf seiner Matratze und sang laut und unverständlich. Die Melodie hörte sich sehr fremdartig an. Es handelte sich, wie er behauptete, um Lieder und Gesänge der Dschinn, und seine Tanzpartnerin war keine Geringere als die Frau von Schamhuresch, dem Herrscher der Dämonen. Dieser konnte nicht billigen, dass sich seine Frau in einen „Irdischen", wie er Großvater verächtlich nannte, verliebte. So ließ sich Großvater darauf ein, mit Schamhuresch zu kämpfen, nachdem dieser versprochen hatte, keine faulen Tricks anzuwenden. Dschinn haben nämlich die lästige Angewohnheit, sich in Sekundenschnelle in eine andere Form und Erscheinung zu verwandeln. Hat man sie am Hals gepackt, werden sie zu Skorpionen oder Krokodilen, legt man sie flach auf den Boden, werden sie zu einem See. Will man sie in den Hintern treten, werden sie zu Feuer und Glut. Das wussten wir aus früheren Erzählungen, und wir verfolgten die Schlägerei gespannt, bei der der Großvater sein Talent als Pantomime exzellent unter Beweis stellte. Man konnte beinahe die unsichtbare Faust des eifersüchtigen Dschinns sehen, wenn sie Großvaters Kinn traf. Der Kampf dauerte länger als zehn Minuten … Und das alles auf der Matratze in unserem Kinderzimmer! Als plötzlich die Tür aufging, erstarrte mein Großvater zu einer Gipsfigur.

„Soll ich den Hörern im Hof Eis servieren oder ihnen ein Eintrittsgeld abverlangen?", fragte mein Vater verärgert. Ich hob den Vorhang. Tatsächlich saßen unsere Nachbarinnen und Nachbarn im Innenhof. Sie genossen in jener Sommernacht die kühle Luft unter freiem Himmel und desgleichen die Abenteuergeschichte meines Großvaters – bis die Zensur für eine Unterbrechung sorgte.

„Eis wäre nicht schlecht", erwiderte Großvater und sackte in sich zusammen, als wäre er ein Löffel Vanilleeis in einer heißen Pfanne. Mein Vater schüttelte nur den Kopf, schloss die Tür und kehrte in sein Zimmer zurück.

„Und?", flüsterte mein ältester Bruder, nachdem er sich vergewissert hatte, dass mein Vater weit genug weg war. „Wer hat gesiegt?"

„Natürlich ich, aber das hat mich einen Zahn gekostet", erklärte Großvater, und er zeigte uns die Lücke in seinem Unterkiefer. Ich werde nie vergessen, wie er geduldig den Mund aufhielt, während wir drei mit der Taschenlampe seinen Unterkiefer erforschten.

So war er bis zum letzten Tag seines Lebens, von dem ich noch erzählen werde. Aber lange davor, an einem

Tag in Frühjahr 1953, fragte er mich, ob ich mit ihm durch die Altstadt spazieren wolle.

Wir schlenderten durch die Gerade Straße. Mir schien an jenem Tag, dass alle Händler, Bettler, Polizisten, Lastenträger und Wirte meinen Großvater kannten und mochten. Sie grüßten ihn freundlich, und drei-, viermal luden ihn Männer zu einer Tasse Kaffee ein. Er lehnte höflich ab und wiederholte, er wolle mit mir, seinem Enkel, zum Flohmarkt gehen. Und das war keine Lüge gewesen, denn tatsächlich hörte ich an jenem Tag zum ersten Mal in meinem Leben vom „Suk Qumeile", dem Flohmarkt. Ich war verwundert und dachte, mein Großvater wolle sich einen Scherz mit mir machen. Aber er schwor bei der heiligen Maria, dass eine ganze Straße den Namen Flohmarkt trage. Man könne dort interessante alte Dinge finden. Dann erzählte er mir, welche Raritäten er bisher schon erstanden hatte. Und auch von den Tricks der Händler, billige Ware als Antiquität zu tarnen und Anfängern für viel Geld anzudrehen.

Suk Qumeile lag in der Nähe der Zitadelle. Auf beiden Straßenseiten waren kleine, winzig kleine Läden dicht aneinandergereiht, und da es mehr Waren als Platz gab, standen auch die Bürgersteige voller Kleider, Spielzeug und Haushaltsgeräte. Es störte aber niemanden. Die Passanten gingen auf der Fahrbahn, und die wenigen Autofahrer, die vorbeikamen, hatten eine Engelsgeduld. Sie schlängelten sich im Schritttempo zwischen den Menschen hindurch und hupten nur, wenn man sie vergaß.

Ich durfte alles anfassen und fand bald einen bunten Musikkreisel, der zwar zwei Dellen hatte, aber wunderschöne Musik machte. Die Händlerin wollte – meinem Großvater zuliebe – keinen Gewinn machen und verlangte drei Lira. Mein Großvater behielt trotz der Schmeichelei einen kühlen Kopf und kaufte mir den Kreisel nach kurzem Feilschen für eine Lira. Für sich selbst erstand er bei einem anderen Händler eine Goldmünze und sagte leise zu mir, er habe diese seltene Münze seit Jahren gesucht.

Schließlich hielt er sich eine ganze Weile bei einem Händler auf, dessen Laden, abgesehen von Zetteln, die an der Wand klebten, leer war. Ich wunderte mich und fragte meinen Großvater, was der Mann verkaufe.

„Offiziell Häuser", antwortete er. „Der Mann ist ein Makler. Aber inoffiziell verkauft er die besten Gerüchte, die man haben kann, weil er alle Häuser der Stadt und ihre Geheimnisse kennt."

„Hallo", rief ein Dattelverkäufer meinem Großvater zu, als wir weitergingen, „willst du zwei Kilo Kummer kostenlos haben oder ein Kilo irakische Datteln, bei denen du deinen Kummer vergisst?"

„Dann lieber die Datteln", erwiderte mein Großvater, und ich bekam vom Verkäufer eine Tüte mit großen saftigen Datteln.

Plötzlich wurden mein Großvater und ich auf eine Menschentraube aufmerksam, die sich vor einem Laden gebildet hatte und bis zum Bürgersteig auf der anderen Straßenseite reichte. Mein Großvater, raffiniert wie er war, rief den Männern und Frauen, die uns im Wege standen, zu: „Macht Platz für das Waisenkind." Nichts auf der Welt setzt einen schwergewichtigen Araber so schnell in Bewegung wie die Aufforderung, einem Waisenkind Durchgang zu gewähren. Mein Großvater schob mich vor sich her und schlüpfte, geschmeidig wie ein Schatten, hinter mich, bevor sich die Öffnung wieder schloss, und so standen wir binnen kürzester Zeit in der ersten Reihe.

„Waisenkind?", raunte ich, denn meine Eltern waren erst Anfang dreißig.

„In siebzig Jahren bestimmt", entgegnete er und richtete den Blick nach vorne. Ich wollte noch fragen, woher er das wisse, aber das Geschehen vor mir faszinierte mich so sehr, dass ich meine Eltern schnell vergaß. Mit offenem Mund starrte ich auf den Mann, der auf einem alten Sessel vor dem Laden saß. Er hielt ein Stück weißer Pappe vor sich, auf dem mit großen Buchstaben stand: Zu verkaufen. Das konnte ich gerade schon entziffern.

Am Eingang des Ladens stand neben Haushaltsgeräten und einem Haufen alter Kleider eine ältere Frau in einem blauen Overall. Sie stritt gerade mit einem jungen Mann, der nicht einsehen wollte, warum sie ihren Mann zum Verkauf gab.

Ich will wirklich nicht lügen und behaupten, ich hätte mit sieben Jahren alles verstanden. Was ich aber verstand, war, dass die Frau den Mann verkaufen wollte, weil dieser alt war.

„Und obwohl dieser Mann keineswegs stumm ist, macht er den Mund nicht auf, tage-, monate-, jahre-lang kann der Mann ohne Worte leben", rief die Frau in diesem Augenblick bitter, was ich nie vergessen habe. Und was ich auch verstand, war, dass sich der Mann mit Pferden gut auskannte und dass die Frau drei be-hinderte erwachsene Söhne zu ernähren hatte. Die Aufregung war groß, aber die Frau hielt allem stand. Auch vor einem besonders dürren Mann, der die Poli-zei rufen wollte, fürchtete sie sich nicht.

Nach einer Weile ging ein älterer Herr in einem feinen europäischen Anzug zu der Frau hin und zählte ihr den verlangten Preis Schein für Schein auf die Hand. Wie viel das war, weiß ich heute nicht mehr. Aber ich er-innere mich, dass die Frau ihren Mann ein letztes Mal umarmte und weinte.

Schweigsam zogen wir weiter, mein Großvater und ich. Mir schien, als hätte der Vorfall auch ihn mitgenom-men. Erst auf dem Weg zurück, etwa auf der Höhe vom

Suk al Busurije, dem Gewürzmarkt, fragte ich ihn, warum die Frau ihren Mann verkauft hatte.

„Weil sie arm ist. Immerhin kann sie mit dem Geld in schlechten Zeiten wie diesen überleben, und der Mann hat jemanden gefunden, der ihn für seine Pferde braucht." Er hielt kurz inne. „Die Pferde nehmen es ihm nicht übel, wenn er den ganzen Tag schweigt, aber die Frauen mögen das nicht."

„Und wird Großmutter dich verkaufen?"

Er lächelte. „Nein, ich glaube nicht, denn ich erzähle ihr dauernd etwas Neues, und dann vergisst sie, dass sie mich loswerden wollte."

An diesem Tag fasste ich den geheimen Vorsatz, Frauen immer Geschichten zu erzählen, damit sie mich nicht verkaufen. Und noch einen geheimen Plan heckte ich auf dem Nachhauseweg aus.

„Liebte die Frau den Mann?", fragte ich Großvater.

„Natürlich, du hast gesehen, wie sie beide beim Abschied weinten. Der Käufer tröstete sie, dass ihr Mann sie besuchen dürfe, sooft er wolle."

Nun war mein Plan perfekt.

Zu Hause angekommen, machte meine Mutter Augen, als ich ihr vorschlug, meinen schweigsamen ernsthaften Vater auf dem Flohmarkt zu verkaufen und dafür den alten preiswerten Großvater und noch dazu ein Radio zu erstehen.

„Aber ich liebe deinen Vater", sagte sie, wie ich erwartet hatte und wie alle Welt wusste.

„Macht nichts. Er kann dich so oft besuchen, wie er will", beruhigte ich sie.

„Nein, nein", sagte die Mutter, „den verkaufe ich nicht, und deinen Großvater bekommen wir gratis."

Merkwürdigerweise kaufte mein Vater eine Woche später ein Radio für meine Mutter. Wahrscheinlich aus Dankbarkeit. Das waren damals sehr teure Geräte, die wie ein Möbelstück aussahen.

Neben dem Arzt Michel waren wir die Einzigen in der Gasse, die so ein Prachtstück besaßen.

Und so kamen alle Nachbarn zu uns, um Kaffee zu trinken und Lieder, Nachrichten und Geschichten zu hören.

Manchmal jammerte mein Vater, dass das Radio mehr

Kaffee verbrauche als Strom. Dann sah ich zu meiner Mutter und flüsterte nur: „Flohmarkt", und sie lachte verschwörerisch.

Talent

Heinrich Zille, der beliebte Volksmaler in Berlin, brachte es zwar zu Ruhm, nicht aber zu Reichtum. Eine vornehme Dame riet ihm, große Ölgemälde zu fertigen, damit ließe sich viel mehr Geld verdienen. Zille wehrte ab: „Ich kritzle lieber."
„Und mit was kritzeln Sie, mit Feder oder Bleistift?", hakte die Dame nach.
Zille darauf: „Mit Talent."

Wie herrlich ist es, nichts zu tun
und von dem Nichtstun auszuruh'n!
Heinrich Zille

ABER BITTE MIT CHARME
Wieso das Fernsehen von heute
auch nix mehr retten kann
Monika Gruber

Als ich vor fünf Jahren an. der Bandscheibe operiert wurde, war ich zur Voruntersuchung bei Dr. Neudert, einem sympathischen Neurologen in der Münchner Innenstadt, und wir hatten ein sehr anregendes Gespräch, das zunächst nicht von meinen Beschwerden handelte, sondern den Zustand unserer Gesellschaft betraf. So etwas liebe ich sehr: Wenn man sich mit Menschen, die beruflich etwas völlig anderes machen – egal, ob nun Kellner, Ärzte, Taxifahrer oder Physiotherapeuten für Koi-Karpfen (gibt es wirklich!) –, über deren Sicht der Gesellschaft im Allgemeinen und der Menschen im Besonderen austauscht. Er erzählte mir, dass ein Großteil seiner Kundschaft nicht etwa aus Schmerzpatienten wie mir bestehe, sondern überwiegend aus berufstätigen Frauen zwischen 35 und Ende 40, die mit dem Spagat zwischen Familie, Kindern, einer beruflichen Karriere und einer erfüllten Partnerschaft völlig überfordert seien. Ich antwortete, dass ich mir das sehr gut vorstellen könne, denn allein beim Gedanken an drei Kinder und einen Ehemann, die täglich an meinem Essen herumnörgeln, während ich mit einer Hand die dreckigen Klamotten in die Waschmaschine stecke und mit der anderen meinen Ablegern die Kleidung für den nächsten Tag herauslege und Lunchboxen vorbereite, um anschließend noch einen

Conference Call mit Singapur in meinem Homeoffice abzuhalten, wurde ich so müde, dass ich mich auf der Stelle hinlegen wollte.

Irgendwann schaute mich Dr. Neudert an seinem Schreibtisch sitzend nachdenklich-intensiv an und sagte: „Wissen Sie, Frau Gruber, Sie haben etwas, das in der heutigen Zeit sehr selten geworden ist."

Ich muss zugeben, ich hatte etwas Bammel vor dem, was er gleich sagen würde, denn der letzte Arzt, der mich länger als 30 Sekunden angeschaut hatte, war mein Augenarzt gewesen, der für eine Gleitsichtbrille meine Augen vermessen sollte, mit seinen 1,60 Metern Lebensgröße zu mir aufsah und sagte: „An Ihnen ist alles groß, Frau Gruber." Ich überlege heute noch, ob er es eventuell doch als Kompliment gemeint haben könnte, aber ich fürchte, nicht.

Aber von dem freundlichen Dr. Neudert hatte ich so etwas nicht zu befürchten, denn er sagte es langsam und ernst, ohne eine Spur von Koketterie oder Zudringlichkeit – als ob er mir die Bedeutsamkeit seiner Worte bewusst machen wollte: „Sie haben Charme, Frau Gruber, und das ist in der heutigen Zeit sehr, sehr selten. Dabei ist Charme so wichtig für uns Menschen."

Anschließend humpelte ich an die Bar des „Schumann's", wo ich trotz der frühen Stunde ein Gläschen „Vernissagenlimo" zu mir nahm. Ausnahmsweise hatte ich auch überhaupt kein schlechtes Gewissen, da es sich erstens beim „Schumann's" genau genommen nicht um ein Café, sondern qua Definition um eine „Tagesbar" handelte und dort somit derlei Getränke als Geschäftsgrundlage tagsüber zu sich genommen werden müssen – und zweitens ich bei schweren Rückenschmerzen auf die zugegebenermaßen nicht besonders ratsame Kombination von Alkohol in Verbindung mit einer 600er-Tablette Diclofenac schwöre. Bevor nun Suchtmediziner, Internisten und Leberspezialisten laut aufschreien: Ich verwende das wirklich nur im äußersten Notfall, ansonsten halte ich mein Kreuzweh tapfer aus, denn es beweist mir zumindest ein gewisses Maß an Rückgrat.

Wie auch immer: Bereits nach zehn Minuten waren die Schmerzen sanft entschwunden, und ich konnte wieder klar denken. Und da grübelte ich immer noch über den Satz von Dr. Neudert. Ich hatte mir noch nie zuvor Gedanken darüber gemacht, ob mich jemand für charmant halten könnte. Und dabei hat man mich zweifelsohne schon vieles genannt, hier ein kurzer Auszug aus den letzten beiden Jahren: „niederbayerische Ulknudel", „oberbayerisches Urviech", „Fachkraft für Stammtischkabarett", „sprechendes Maschinengewehr" (im Dialekt: „Schwertgoschn"), „sympathische Mitvierzigerin", „kracherte Endvierzigerin", „billige Klamauktante", „geistreiche Kabarettistin", „Comedy Queen", „Volkstribunin" und andere Nettigkeiten mehr.

Aber noch nie, wirklich noch nie in meinem Leben hatte mir jemand Charme attestiert. Es gefiel mir aber. Doch brauchen wir Menschen wirklich Charme in unserem Leben? Und sollte er tatsächlich so selten geworden sein, wie Dr. Neudert sagte? Ab diesem Tag, genauer gesagt ab jener Minute begann meine Suche nach Charme in der Neuzeit. Just in diesem Moment betrat eine offensichtlich gut situierte, weil sehr teuer gekleidete Dame, ungefähr Ende 50, besagte Tagesbar und suchte nach einem Tisch, was zu dieser frühen Uhrzeit noch kein Problem darstellte. Den Gruß des freundlichen Servicepersonals überhörte sie offensichtlich, und als ihr die für sie zuständige Kellnerin lächelnd die Karte reichte, blieb auch dieses Lächeln unerwidert. Dafür ließ sie ihre flächendeckende Sonnenbrille auf, was mich auf Folgendes schließen ließ: Entweder sie hatte gerade einen der ortsansässigen Schönheitschirurgen zwecks Komplettrenovierung der Außenfassade konsultiert oder häusliche Gewalt ist in besseren Kreisen ein Tabuthema. Ihre leicht nach unten hängenden Mundwinkel waren entweder auf eine übereifrige Gravitation, eine mürrische Gesamtstimmung oder auf die Restwirkung einer Betäubungsspritze zurückzuführen; es sei denn, sie hatte beim Beauty-Doc aus gegenüber dem Herrgöttinenschnitzer nicht eingestandener Kurzsichtigkeit versehentlich nicht Angelina Jolie, sondern Angela Merkel als gewünschtes Endergebnis angekreuzt.

Als sie jedoch begann, die Speisekarte zu lesen, wechselte sie nun doch zu einer ungetönten Brillenversion, und siehe da: Sie hatte keine postoperativen Nachwehen und zum Glück auch keinen offenkundig gewalttätigen Gatten, sondern einfach nur schlechte Laune oder wie es „Ranger" im „Schuh des Manitu" treffenderweise formulieren würde: Sie war mit der Gesamtsituation unzufrieden. Als die Servicekraft die Bestellung entgegennahm, wurde sie von der mürrischen Dame keines Blickes gewürdigt. Ob die miese Stimmung der Grund dafür war oder eine gewisse kultivierte Arroganz, ein deplatzierter und überholter Standesdünkel? Ich würde es nie erfahren. Ich wusste nur: Diese Dame war definitiv nicht sympathisch und schon gar nicht charmant. Ganz im Gegensatz zum anwesenden Personal: Jeder Gast wurde freundlich und mit einem Lächeln begrüßt, viele sogar mit einer neckischen Bemerkung, alle waren – wie immer – höflich, zuvorkommend und beim passenden Gegenüber zu einem kleinen Späßchen aufgelegt, das eine wohlige Vertrautheit vermitteln sollte. Wahrscheinlich ist ein gewisser Grundcharme schon ein wichtiges Einstellungskriterium für den Inhaber Charles Schumann. Falls dem so sein sollte, gibt ihm der Erfolg jedenfalls recht, denn er ist seit nunmehr fast 40 Jahren eine feste Institution in München: einer Stadt, in der man sehr gerne sehr oberflächlich miteinander umgeht und in der jeden Monat mehr Lokale neu eröffnen und alsbald wieder schließen, als während der Wies'n Bierleichen auf dem Kotzhügel liegen.

Aber was versteht man eigentlich landläufig unter „Charme"? Doktor Duden definiert ihn als „Anziehungskraft, die von jemandes gewinnendem Wesen ausgeht", und auch als „Zauber". Damit jedoch ein gewisser Zauber von einem ausgeht, muss man und frau allerdings etwas mehr draufhaben als ein herausgenuscheltes „Grüß Gott" und ein aufgesetztes Zahnarztfrauen-würden-Dingsbums-empfehlen-Lächeln. Also achtete ich in der folgenden Zeit verstärkt auf Spuren dieses ominösen „Zaubers" und suchte Menschen mit einem „gewinnenden Wesen", die „Anziehungskraft" verbreiteten, um ganz bald festzustellen, dass Charme meist nicht in direktem Zusammenhang mit körperlicher Attraktivität stehen muss.

Unverheiratet

Der französische Außenminister Robert Schumann, eine durchaus ansehnliche Person, wurde gefragt, warum er Junggeselle geblieben sei. Er begründete das mit einem Erlebnis in der Straßenbahn. Dort sei er versehentlich einer Frau auf den Fuß getreten. Sie schrie: „Kannst du nicht aufpassen, du Trottel." Noch bevor er sich entschuldigen konnte, sprach aber die Frau zu ihm: „Oh, verzeihen Sie, ich dachte, es wäre mein Mann gewesen." Und darum sei er ledig geblieben.

Die Demokratie ist so viel wert wie diejenigen,
die in ihrem Namen sprechen.
Robert Schumann

FRAUEN SIND EITEL. MÄNNER? NIE –!
Kurt Tucholosky

Das war in Hamburg, wo jede vernünftige Reiseroute aufzuhören hat, weil es die schönste Stadt Deutschlands ist – und es war vor dem dreiteiligen Spiegel. Der Spiegel stand in einem Hotel, das Hotel stand vor der Alster, der Mann stand vor dem Spiegel. Die Morgen-Uhr zeigte genau fünf Minuten vor einhalb zehn.

Der Mann war nur mit seinem Selbstbewusstsein bekleidet, und es war jenes Stadium eines Ferientages, wo man sich mit geradezu wollüstiger Langsamkeit anzieht, trödelt, Sachen im Zimmer umherschleppt, tausend überflüssige Dinge aus dem Koffer holt, sie wieder hineinpackt, Taschentücher zählt und sich überhaupt benimmt wie ein mittlerer Irrer: Es ist ein geschäftiges Nichtstun, und dazu sind ja die Ferien auch da. Der Mann stand vor dem Spiegel.

Männer sind nicht eitel. Frauen sind es. Alle Frauen sind eitel. Dieser Mann stand vor dem Spiegel, weil der dreiteilig war und weil der Mann zu Hause keinen solchen besaß. Nun sah er sich, Antinous mit dem Hängebauch, im dreiteiligen Spiegel und bemühte sich, sein Profil so kritisch anzusehen, wie seine egoistische Verliebtheit das zuließ ... eigentlich ... und nun richtete er sich ein wenig auf – eigentlich sah er doch sehr gut im Spiegel aus, wie –? Er strich sich mit gekreuzten Armen über die Haut, wie es die tun, die in ein Bad steigen wollen ... und bei dieser Betätigung sah sein linkes Auge ganz zufällig durch die dünne Gardine zum Fenster hinaus. Da stand etwas.

Es war eine enge Seitenstraße, und gegenüber, in gleicher Etagenhöhe, stand an einem Fenster eine Frau, eine ältere Frau schien's, die hatte die drübige Gardine leicht zur Seite gerafft, den Arm hatte sie auf ein kleines Podest gelehnt, und sie stierte, starrte, glotzte, äugte gerade auf des Mannes gespiegelten Bauch. Allmächtiger.

Der erste Impuls hieß den Mann vom Spiegel zurücktreten in die schützende Weite des Zimmers, gegen Sicht gedeckt. So ein Frauenzimmer. Aber es war doch eine Art Kompliment, das war unleugbar; denn wenn jene auch dergleichen vielleicht immer zu tun pflegte – es war eine Schmeichelei. „An die Schönheit". Unleugbar war das so. Der Mann wagte sich drei Schritt vor.

Wahrhaftig: Da stand sie noch immer und äugte und starrte. Nun – man ist auf der Welt, um Gutes zu tun … und wir können uns doch noch alle Tage sehen lassen – ein erneuter Blick in den Spiegel bestätigte das –, heran an den Spiegel, heran ans Fenster!

Nein. Es war zu schéhnierlich … der Mann hüpfte davon wie ein junges Mädchen, eilte ins Badezimmer und rasierte sich mit dem neuen Messer, das glitt sanft über die Haut wie ein nasses Handtuch, es war eine Freude. Abspülen („Scharf nachwaschen?", fragte er sich selbst und bejahte es), scharf Nachttischen, pudern ... das dauerte gut und gern seine zehn Minuten. Zurück. Wollen doch spaßeshalber einmal sehen –.

Sie stand wahr und wahrhaftig noch immer da; in genau derselben Stellung wie vorhin stand sie da, die Gardine leicht zur Seite gerafft, den Arm aufgestützt, und sah regungslos herüber. Das war denn doch – also, das wollen wir doch mal sehen.

Der Mann ging nun überhaupt nicht mehr vom Spiegel fort. Er machte sich dort zu schaffen wie eine Bühnenzofe auf dem Theater: Er bürstete sich und legte einen Kamm von der rechten auf die linke Seite des Tischchens; er schnitt sich die Nägel und trocknete sich ausführlich hinter den Ohren, er sah sich prüfend von der Seite an, von vorn und auch sonst ... ein schiefer Blick über die Straße: Die Frau, die Dame, das Mädchen – sie stand noch immer da.

Der Mann, im Vollgefühl seiner maskulinen Siegerkraft, bewegte sich wie ein Gladiator im Zimmer, er tat so, als sei das Fenster nicht vorhanden, er ignorierte scheinbar ein Publikum, für das er alles tat, was er tat: Er schlug ein Rad, und sein ganzer Körper machte fast hörbar: „Kikeriki!", dann zog er sich, mit leisem Bedauern, an.

Nun war da ein manierlich bekleideter Herr – die Person stand doch immer noch da! –, er zog die Gardine zurück und öffnete mit leicht vertraulichem Lächeln das Fenster. Und sah hinüber.

Die Frau war gar keine Frau.

Die Frau, vor der er eine halbe Stunde lang seine männliche Nacktheit produziert hatte, war – ein Holzgestell mit einem Mantel darüber, eine Zimmerpalme und ein dunkler Stuhl. So wie man im nächtlichen Wald aus Laubwerk und Ästen Gesichter komponiert, so hatte er eine Zuschauerin gesehen, wo nichts gewesen war als Holz, Stoff und eine Zimmerpalme.

Leicht begossen schloss der Herr Mann das Fenster. Frauen sind eitel. Männer –? Männer sind es nie.

DER BLUSENKAUF
Otto Reutter

Wenn Frau'n was kaufen, das geht flink.
Ich weiß, wie's meinem Freund erging.
Der, jung vermählt, wollt' in der Früh
mal ins Büro, da sagte sie:
„Lass mich ein Stückchen mit dir gehn." –
Dann blieb sie vor 'nem Laden stehn.

„Dein Portemonnaie! – Bin gleich zurück,
es dauert nur ’nen Augenblick.
Bleib’ draußen“, sprach Frau Suse,
„Ich kauf’ mir bloß ’ne Bluse.“

Nun geht sie rein – „’nen Augenblick“.
Ihr Mann, sehr heiter, bleibt zurück. – –
Er freut sich – ’s Wetter ist sehr schön,
sieht Kinder, die zur Schule gehn – –
und sie sagt drinnen zur Mamsell:
„’ne blaue Bluse, aber schnell!“
Nun schleppt man alle blauen rein,
und nach ’ner Stunde sagt sie: „Nein,
ich finde keine nette,
ich möcht’ ’ne violette.“

Nun packt man violette aus.
Ihr Mann, geduldig, steht vorm Haus,
denkt: „Ziemlich lange währt so ’n Kauf“,
geht auf und ab – und ab und auf – –
und sie sagt drinnen: „Das ist nett!

Wie kam ich nur auf violett?
Da fällt mir ein, Frau Doktor Schmidt
geht immer mit der Mode mit –
und die trägt jetzt 'ne gelbe.
Ach geb'n Sie mir dieselbe."

Nun packt man alle gelben aus.
Ihr Mann wird hungrig vor dem Haus.
Der Mittag naht – die Sonne sticht,
die Kinder komm'n vom Unterricht. – –
Und sie sucht drin und sagt alsdann:
„Was geht Frau Doktor Schmidt mich an!
Wie kam ich auf 'ne gelbe nur?
Es wird ja Frühling, die Natur
zeigt frohe Hoffnungsmiene,
ach, geb'n Sie mir 'ne grüne."

Nun packt man alle grünen aus.
Ihr Mann wird matt und seufzt vorm Haus:
„Gern kauft' ich 'ne Zigarre mir,
doch 's Portemonnaie, das ist bei ihr." – –

Und sie sagt drin: „Beim Sonnenschein,
da wird das Grün zu dunkel sein." –
Da schaut er rein. – „Mein Portemonnaie." –
Sie sagt: „'nen Augenblick noch. Geh!
Ich bin ja gleich zur Stelle. –
Ach, geb'n sie mir 'ne helle."

Nun packt man alle hellen aus.
Da gibt's ein Ungewitter drauß'.
Es regnet bis zum Abendrot.
Ihm fehlt ein Schirm und 's Abendbrot – –
und sie sagt drinnen zur Mamsell:
„So 'n Wetter heut' – und dazu hell?
Und überhaupt, wir haben bald
April, da wird's oft nass und kalt,
dann bin ich die Blamierte.
Ach geb'n Sie 'ne karierte."

Nun packt man die karierten aus –
und er stöhnt, frei nach Goethe, drauß':
„Was ewig weiblich, zieht uns an.

Das Weib, das zieht sich ewig an." –
Und sie probt drin und sagt entsetzt:
„Was – Nummer vierundvierzig jetzt?
Nicht zweiundvierzig, schlank und schick?
Dann nichts Kariertes – das macht dick." –
Ihr Blick zur Taille schweifte.
„Dann geb'n Sie 'ne gestreifte."

Nun packt man die gestreiften aus.
Ihr Mann, der wankt und röchelt drauß':
„Ein Augenblick!" Das war ihr Wort! –
Dann fällt er um – man trägt ihn fort. – –
Da kommt sie mit 'ner roten 'raus.
„Hier bin ich schon", ruft froh sie aus –
und schreit: „Mein Mann! Mein einz'ges Glück!
Gott, ist er tot? – Ein'n Augenblick!"
Und in den Laden starrt se:
„Dann geb'n Sie mir 'ne schwarze."

Konvertiert

Die Frau des amerikanischen Botschafters in Italien war zum katholischen Glauben konvertiert. Bei einem Besuch bei Papst Pius XII. wollte sie ihre neue Überzeugung präsentieren und lobte die katholische Kirche über den grünen Klee. Schließlich wurde die Lobrede dem Papst zu viel. Er bedankte sich höflich und sagte: „Wie Sie wissen, Mrs. Luce, bin ich ja bereits katholisch. "

Gott schenkt dir das Gesicht,
Lächeln musst du selber.

Aus Irland

Die Schönheit

Johann Wolfgang von Goethe, bekannt auch für seine Schwäche für schöne Frauen, ging auf einem Ball an einer bekannten Schönheit vorüber, ohne sie zu grüßen. Diese war empört und sprach ihn an: „Nun weiß ich, was ich von Ihrer Höflichkeit zu halten habe. Sie gehen an mir vorbei, ohne mich anzusehen." Doch Goethe erwiderte geistesgegenwärtig und galant: „Verehrteste, wenn ich Sie angesehen hätte, wäre ich nicht an Ihnen vorbeigegangen."

Die Zeit mag Wunden heilen,
aber sie ist eine miserable Kosmetikerin.
Mark Twain

KLOSTER MAL ANDERS
Ulrike Böhmer

Ich muss mal ehrlich sagen, ich hatte schon ein bisschen Bammel: eine ganze Woche in einem Kloster. Wahrscheinlich noch ohne Reden und nur Beten, da hatte ich schon Manschetten vor. Ob ich dat durchhalte? Abber ich hatte mir ein großet Kreuzworträtselheft und die ausgeschnittenen Romanseiten aus unserer

Bistumszeitung mitgenommen, sodass bestimmt keine Langweile aufkommen würde. Doch schon bei der Ankunft war ich sehr angenehm überrascht. Es sah alles sehr nett und freundlich aus. Eine junge Frau war am Empfang – die gar nicht wie ne Schwester aussah und auch keine war (da hab ich direkt nachgefragt). Sie gab mir den Zimmerschlüssel und erklärte mir alles, wo was zu finden war und wie dat alles abläuft. Direkt daneben saß ne nette Schwester im Klosterladen und war am Sockenstricken dran. Mit der habe ich mich sofort sehr gut unterhalten über Strickmuster vonne Socken, ob sie die Tomatenferse kennt oder die klassische Version strickt oder die Bumerangfersentechnik bevorzugt. Ich habe ihr direkt angeboten, inne Zeit, wo ich da bin, ein paar Socken zu stricken. Allerdings hatte ich gar nix mit dafür und ob sie mir Wolle und Stricknadeln geben könnte. Konnte sie nicht! Sie meinte, ich wäre ja schließlich in dat Kloster gekommen für die Besinnung und die Erholung und sie machte dat ja auch nur für zum Zeitvertreib und ich sollte mich einfach mal nur entspannen. Sie bedankte sich noch für den

Tip mit dem Kaffeebohnenmuster und meinte: „Wir sehen uns bestimmt noch öfters."

Nachdem ich die erste Schwester schon kennengelernt hatte, bin ich auf mein Zimmer gegangen. Also dat war schon nicht so winzig, wie ich mir sone Klosterzelle vorgestellt hatte. Es war alles drin, wat nötig war – Bett und Stuhl und sogar ein Sessel und ein Bad, allerdings kein Fernseher.

Wie ich dat jetzt aushalten soll? Kein Fernseher für eine Woche.

Abber schließlich war ich in einem Kloster und da sollte wahrscheinlich der liebe Gott im Mittelpunkt stehen und nicht die Glotze.

Nachdem ich meine Brocken innen Schrank geräumt hatte und die Kultur ins Badezimmer, habe ich mich in den gemütlichen Ohrensessel gesetzt und aussem Fenster geschaut. Und sonst überhaupt nix gemacht, nur aussem Fenster geschaut. Ich hab den Wolken am Himmel zugeschaut, wie sie so von dannen zogen, den Vögeln gelauscht, den Flugzeugen zugeschaut, wie sie Kondensstreifen annen Himmel machten und sonst rein gar nix gemacht – außer vielleicht ein kurzes Nickerchen. Wat ne Erholung! Mal einfach nix machen. Die Hände in den Schoß legen! Schön! Sehr schön entspannend!

Nach exakt 43 Minuten hatte ich genug vonne Erholung. Im Grunde hätte ich da schon wieder nach Hause fahren können. Aber es lag ja noch eine ganze Woche vor mir. Und wat dann alles kam ... Der Hammer! Aber alles der Reihe nach.

In dem Kloster konntesse jetzt nicht nur beten und nix tun, sondern dat gab ne Menge Angebote. Dat Konzept von dem Kloster war: Erholung für Körper, Geist und Seele und vonne Familie und Gemeinde und Arbeit und vonne Pastöre und Bischöfe. Außer von dem Pfarrer Sebastian Kneipp, denn der is der Papst vonne Erholung und Entspannung und der hat an dem Konzept mitgeschrieben.

Mein Herbert und die Kinder hatten vorgesorgt und mir alles von zu Hause aus gebucht, wat der Entspannung dienlich ist. Und jetzt muss ich schon mal im Voraus sagen: Dat war ein Entspannungsmarathon.

Morgens um 6 Uhr kriegte ich nen warmen Heusack ins Bett gebracht, dat war so wie Kuscheln mit mein Herbert vor 20 Jahren. Abber nicht zu lange. Nach ner Viertelstunde wurde der Sack wieder abgeholt und dann ging dat ohne Duschen ab innen Klostergarten zum Tautreten. Da läufsse barfuss übber ne Wiese und hörs den Vögeln beim Singen zu. Dat kannze echt nur auf eine Klosterwiese machen. Bei uns zu Hause würdesse laufend in Hundehaufen reintreten – und dat is mit Schuhen schon nicht schön, geschweige denn barfuß.

Danach wat Erbauliches für den Tag inne Kapelle mit Tanz um den Altar zur Musik von dem altem Pachelbel: zwei Schritte vor, ein zurück. Dat hat ne halbe Stunde gedauert, bis wir dat so früh am Morgen raushatten und vor allem mit knurrendem Magen.

Dann gab dat endlich Frühstück mit Frischkornbrei, glückliche Eier und Apfelsaft.

Und danach, dat glaubsse nicht: eine Bienenkorbmassage. Ich konnte mir da ersma nix Genaues vorstellen und hatte Schiss, dat da echte Bienen mich massieren tun und mich stechen. Abber nix von allem. Ich wurde mit echtem Honigöl von Kopf bis Fuß einbalsamiert. Der Honig stammte von frei lebenden Bienen, die nur von den Apfelbaumblüten im Klostergarten genascht hatten und denen dann bei Vollmond der Honig weggeschleudert wurde, wat mit kostbarem Öl von biologisch-dynamisch angebautem Rapsfeldern vonne Kräuter- und Bienenschwester vermischt wurde. Dat Ganze dauert geschlagene zwei Stunden und danach hatte ich so wat von ein Kohldampf. Abber die Masseurin meinte, ich sollte jetzt noch etwas ruhen.

Ich habe mich dann beim Mittagessen ausgeruht. Es gab Dinkelbratlinge auf Möhren mit leckerem Gulasch und: gelbe Götterspeise mit Vanillesosse und Schlagsahne auf einmal! Da hatte die Küchenschwester abber Zeit satt zum Kochen!

Statt Mittagsschlaf ging dat dann sofort inne Turnhalle: progressive Muskelentspannung nach dem hl. Jakob. Da hatte ich mein Lebtach noch nix von gehört, dat der Jakob ne Entspannung für die Muskeln gemacht hat, abber eigentlich macht dat Sinn: Wennze viel pilgers, dann musse dich zwischendurch auch mal entspannen tun.

Nach so viel Entspannung hatte ich schon wieder Hunger. Zum Glück kam bald dat Abendessen mit Entspannungsklostertee, Möhrensalat und Ziegenfrischkäse.

Dann noch wat Erbauliches für die Nacht, Abendsegen, Nachtruhe, Schlafen.

Ich hab geschlafen wie ein Murmeltier im Bienenstock (den Geruch von Honigöl kriegsse wochenlang nicht runter!). Herrlich!

Am nächsten Tag: Heusack ins Bett, raus innen Garten zum Tautreten – obwohl dat eher Wassertreten war, weil dat geplästert hat wie aus Kübeln.

Dann schönet Frühstück mit Rosinenbrötchen und Obstsalat und Dickmilch.

Dann Massage mit Kräuterstempel! Weisse nich, was dat is? Da wirsse am gesamten Körper abgestempelt – mit frische Kräuter aussem Klostergarten. Die werden in kleinen Säckchen kochend heiß gemacht und dann schwupp auf dich drauf und wieder heiß gemacht und auf dich drauf .... Hömma, ich fühlte mich danach wie son frisch abgestempelter Brief bei der Post! Die Masseurin meinte, ich sollte jetzt noch etwas ausruhen und entspannen, dat habe ich dann beim Mittagessen gemacht. Es gab Hirsebrei auf Rouladen und gedünstete Gurken und zum Nachtisch: rote Götterspeise mit Vanillesosse und Schlagsahne.

Am Nachmittag dann Schigong, dat kannte ich noch von ganz früher: Schigyminastik mit Rosi Mittermeier und Felix Neureuther. Da sassen wir zu Hause vorm Fernseher auffern Soffa und haben zugeschaut, wie se im Fernseher Schiübungen gemachten haben.

Abber dat Schigong im Kloster hat da gar nix mit zu tun.

Da lässte im Stehn die Sonne aufgehn und den Baum wachsen, bewegst den Himmel und machst den sterbenden Schwan – zwei Stunden lang.

Da hatte ich so wat von Hunger nach. Zum Glück gab dat bald Abendessen mit Wohlfühlklostertee, Vollkornknäckebrot und Zucchinisalat. Dann noch wat Erbauliches für die Nacht, Abendsegen, Nachtruhe, Schlafen.

Und so ging dat jeden Tag! Ich war so wat von inne Entspannung drin, dat ich bei dem geringsten Vogelgezwitscher schon Halluzinationen bekam.

Am fünften Tach hatte ich dat deutliche Gefühl, dat ich Entspannung vonne Entspannung brauchte.

Hömma, ehrlich: Als normaler Mensch kannze dat gar nicht ertragen – sone Rundumdieuhrentspannung. Und als ich an Zuhause gedacht habe, dass dat da ja auf keinen Fall so weitergeht, war mir klar: Ich muss irgendwie wieder inne Anspannung rein.

Nun hatte ich schon am ersten Tach gesehen, dat im Eingangsbereich von dem Kloster die Kirchenzeitung vom Bistum Trier rumlag. Die hatte mich die ganzen letzten Tage nicht die Bohne interessiert. Ich denk noch, könnte doch interessant sein, wat im Bistum Trier so los is, schnapp mir die Zeitung und schwupp – war ich wieder mittendrin inne Anspannung.

Und auf einmal fiel mir wieder ein, wieso ich so fix und fertig gewesen war. Das war ja wegen den Hexen- bzw. den Bischofsschuss in mein Kreuz und der Stimme, die ich auffern Küchenboden im Traum gehört hatte. Und da habe ich gedacht, in dem Kloster wird doch irgendjemand rumlaufen und mir weiterhelfen können. Und weisse wat, es gab tatsächlich jemanden.

Ich sass gerade in einem Kristallsprudelbad mit indianischen Walgesänge, da kam die Schwester Gottfrieda herein, um mir meinen Bademantel zu bringen. Da habe ich all meinen Mut zusammengenommen und ihr mein Herz ausgeschüttet.

Ich habe ihr alles erzählt: dat ich inne Tageszeitung von den Bischöfen gelesen habe, die nicht wollen, dat Evangelische zur Kommion gehen; dat ich daraufhin sooo furchtbare Rückenschmerzen bekommen habe, dat ich mich nicht mehr bewegen konnte, aber unser Omma sofort Bescheid wusste und mir mächtig viele Schmerztabletten verordnet hat und dat ich mithilfe von meinem Herbert drei Tage auffem Küchenboden gelegen habe – aber schön zugedeckt und dat ich da diese Stimme gehört habe und dat ich jetzt nicht wüsste, ob dat nich vielleicht der liebe Gott gewesen ist und mich dat Ganze fix und fertig gemacht hat und ich deshalb hier im Kloster drin bin und dass dat auch mitte Entspannung ganz gut geklappt hat, aber als ich die Kirchenzeitung von Trier aufgeschlagen habe, is mir alles wieder innen Sinn gekommen. Ob sie mir da nicht vielleicht helfen könne wegen dieser Stimme.

Da war die Schwester ersma platt. Son langen Satz hatte sie noch nie im Leben gehört.

„Mmmmh", meinte sie, „dat hört sich tatsächlich so an, als hätte der liebe Gott da zu Ihnen gesprochen. Mmmmh, dat is ja ein Ding!" Hier im Kloster hätte sie zwar noch nie davon gehört, dass der liebe Gott so direkt mit einer Schwester gesprochen hat, aber vielleicht hat diejenige dat auch bloß nicht laut rumerzählt, damit sie nicht inne Anstalt eingewiesen würde – aber inne Bibel käme dat ja ständig vor.

„Ja", sach ich, „aber wenn dat echt der liebe Gott war, wie soll ich denn anne Bischöfe drankommen? Gut, der Kardinal von Köln, der is ja jetzt nicht so weit weg von Dortmund – aber nach Bayern, da fahr ich auf keinen Fall hin. Dat is absolutes Feindesland – also wegen dem Fußball."

Und als normaler Mensch, mal ehrlich, wo triffsse da auf einen Bischof, der auch noch Zeit für dich hat zum Reden???

Gut, dat sah die Schwester ein. „Wissen Sie wat, schreiben Sie doch einfach einen Brief an die sieben Bischöfe. Die Adressen kann ich Ihnen besorgen!" Dann hat sie mir in dat Kristallbad noch ein paar Perlen und Bergkristalle reingeschüttet und blaues Blubbern und Vogelgezwitscher zu den Walgesängen angestellt.

Und da war mir ganz klar: Ich schreibe einen Brief und mal gucken, wat der liebe Gott mir dazu sagen wird.

Ein Original

Claire Waldoff (1884–1957), Vortragskünstlerin und Volkssängerin, bekannt vor allem durch ihre Auftritte in Berliner Kabaretts, wollte Gesangsunterricht nehmen. Vater Zille aber redete es ihr aus: „Du musst bleiben, wie du bist, denn du bist, was es nur selten gibt – ein Original!"

Wahre Schönheit und Weiblichkeit
sind alterslos und nicht künstlich herstellbar.

Marilyn Monroe

VIRI PROBATI
Ulrike Böhmer

Nun is mein Herbert ja schon seit einigen Jahren in Vorruhestand und dat is für eine Ehe durchaus eine Herausforderung. Aber ich muss sagen, je länger der Vorruhestand andauert, desto mehr überrascht mich mein Herbert. Und meistens dann, wennze überhaupt gar nicht damit rechnen tust.

Bevor ich jetzt hier weitererzähle, muss ich erklären, dat ich vor ein paar Jahren meinen Herbert beim Lesen vonne „frau und mutter", die Zeitung von unserer kfd, erwischt habe.

Und wie der Namen schon sagt: „frau und mutter" is erst mal nicht für Männer gedacht.

Ich war einigermaßen schockiert – aber mein Herbert meinte, dass da doch auch für ihn interessante Artikel drin wären. Inzwischen liest der Herbert die „frau und mutter" meistens vor mir durch und will dann sogar über dat eine oder andere mit mir diskutieren! Und neulich war dat wieder so weit: Mein Herbert war am Lesen dran und ich am Bügeln, da meinte er unvermittelt: „Erna, ich will viri probati werden!".

Hömma! Da is mir ers die Kinnlade und dann fast dat Bügeleisen runtergefallen!

Ich sach: „Herbert! Doch nich vor den Enkelkindern!"
Jetzt guckte der Herbert ziemlich irritiert ausse Wäsche. Ich meinte nur, dat wir da später unter vier Augen drübber sprechen könnten. „Außerdem is schon Zeit fürs Abendbrot und da kannze schon mal den Tisch decken."

Gott sei Dank war die Themattik ersma vom Tisch. Ich dachte schon, dat mein Herbert die ganze Sache vergessen hatte. Abber nacher Tagesschau kam er noch mal drauf zu sprechen.

Und da stellte sich heraus, dat ich ganz wat anderes verstanden hatte oder eigentlich gar nix verstanden hatte und meine Verwunderung über die „frau und mutter" unnötig war.

„Wir haben doch inne katholische Kirche einen unglaublich großen Priestermangel", erklärte mir mein Herbert. „Und deshalb überlegen sie jetzt oben inne Kirche, viri probati einzuführen. Dat sind erprobte verheiratete Männer, die vorbildlich katholisch sind und deshalb vielleicht bald zum Priester geweiht werden können."

Da fiel mir an diesen Tag zum zweiten Male die Kinnlade runter. Mein Herbert will Priester werden!!!

Ich sach: „Ich glaub, ich spinne! Wie kommze denn jetzt darauf?" Da sacht er, er hätte doch davon inne „frau und mutter" gelesen, und die hätten geschrieben, dass dat wahrscheinlich demächst diese probaten viris geben wird. Jedenfalls eher, als dat Frauen Priesterinnen werden. Denn so blieben die Männer inne Führung vonne Kirche weiter unter sich!

Gut, zum Glück war ich jetzt wieder auffe Höhe vonne Themattik angekommen – aber für ein Moment war ich doch sprachlos.

Nun kennen Sie meinen Herbert nich persönlich – aber dat Wichtigste in dem sein Leben is, dat er seine Ruhe hat, und dat Zweitwichtigste, dat ihm keiner auffe Nerven geht, und dat Drittwichtigste: kein Stress – und dann sofort der BVB. Kein Mensch kann sich meinen Herbert auffe Kanzel oder am Altar vorstellen und ich am allerwenigsten. Ich sag: „Herbert, ich musste dich damals zur KAB hinprügeln (im übertragenen Sinne) und dass du da prompt bei der Jahreshauptversammlung zum Vorsitzenden gewählt worden bis, dat war wie ein Sechser im Lotto und weil der Heinz Knötering mit seinen 93 Jahren nich mehr zur Wahl stand, weil er kurz vorher in seinem Schrebbergarten vonne Leiter gefallen is. Wat willst du ein probater viri werden?"

„Viri probati, heißt dat", sacht der Herbert. „Ja, eben drum", meinte er, „guck mal, et is doch so: Als ich bei der KAB Vorsitzender wurde, da hasse mich komplett ermutigt, dat zu machen. Und weil ich nicht so gut reden konnte, hasse mir zu Hause allet aufgeschrieben, wat ich da sagen musste, und danach ging dat mitte KAB richtig bergauf. Verstehsse?"

Ich gebe jetzt offen, wenn auch ungerne zu, dat ich ersma nix verstanden hatte. Abber dann begann dat doch so langsam in mein Kopp zu dämmern. Und dann ging mir förmlich ein Licht auf!

Also dat mein Herbert so wat zu denken inne Lage is, dat hat mich direkt inne Rührung reingebracht.

Ich sach: „Herbert! Du meinst also: Wenn du als propperer viri predigen tust, dann hab ich dir dat vorher alles aufgeschrieben und dann geht dat mitte Kirche genauso bergauf wie mit unsere KAB?"

„Ja, sicher!" Ihm selber würde doch im Leben nix einfallen, wat er sagen sollte – aber wat ich immer für gute Ideen hätte ... Hömma, dat is noch ein richtig kuscheliger Abend geworden.

Mein Herbert hat dann allerdings ziemlich schnell wieder Abstand vonne viris genommen. Er hat nämlich rausbekommen, dat, wenn ich vor ihm sterbe, er dann nicht mehr heiraten darf. Na, da war abber ers ma richtig schlechte Stimmung inne Bude! Denn wenn einer von uns als Erster stirbt, dann zieh ich ins Sauerland!

Quellenverzeichnis

Textnachweis:

Ilse Gräfin von Bredow, … und kein bisschen weise, aus: Dies., Nach mir die Sintflut © 2011 Scherz, im S. Fischer Verlag GmbH, Frankfurt am Main.

Milena Moser, Altpapier, aus: Dies., High Noon im Mittelland. Die besten Kolumnen © Verlag Nagel & Kimche in der Verlagsgruppe HarperCollins Deutschland GmbH, Hamburg.

Hape Kerkeling, Beatrix wird achtzig. Die Echte. Ob es da wohl wieder lecker Mittagessen gibt? aus: Ders., Frisch hapeziert. Die Kolumnen © 2018 Piper Taschenbuch in der Piper Verlag GmbH, München.

Wladimir Kaminer, Mutters Geburtstag, aus: Ders., Rotkäppchen raucht auf dem Balkon … und andere Familiengeschichten © 2020 Wilhelm-Goldmann-Verlag, München, in der Penguin Random House Verlagsgruppe GmbH.

Rafik Schami, Die Frau, die ihren Mann auf dem Flohmarkt verkaufte, aus: Ders., Die Frau, die ihren Mann auf dem Flohmarkt verkaufte © 2011, Carl Hanser Verlag GmbH & Co. KG, München.

Monika Gruber, Aber bitte mit Charme. Wieso das Fernsehen von heute auch nix mehr retten kann, aus: Monika

Gruber und Andreas Hock, Und erlöse uns von den Blöden. Vom Menschenverstand in hysterischen Zeiten © 2000, Piper Verlag GmbH, München.

Ulrike Böhmer, Kloster mal anders und Viri probati, aus: Dies., Erna, übernehmen Sie! Eine Frau und ihre Mission © 2018 Bonifatius Verlag GmbH, Paderborn.

Bilder:

S. 2: © stock.adobe.com/annelie_bayer; S. 6: © stock.adobe.com/Yakobchuk Olena; S. 17: © stock.adobe.com/Krakenimages.com; S. 19: © stock.adobe.com/Srdjan; S. 23: © stock.adobe.com/grafnata; S. 25: © stock.adobe.com/Ivonne Wierink; S. 29: © stock.adobe.com/Sandra van der Steen; S. 31: © stock.adobe.com/the faces; S. 39: © stock.adobe.com/Karoline Thalhofer; S. 52: © stock.adobe.com/Елена Челышева; S. 54, 68: © stock.adobe.com/Alessandro Biascioli; S. 63: © stock.adobe.com/iridi66; S. 75: © stock.adobe.com/oneinchpunch; S. 86: © stock.adobe.com/ksena32; S. 88: © stock.adobe.com/Andrii Iemelianenko; S. 93: © stock.adobe.com/Robert Kneschke